à monsieur Saint y

hommage de l'auteur

J. C. P.

STANCES D'HIER

J. CHASLE PAVIE

STANCES D'HIER

PRÉFACE

DE

GEORGES RODENBACH

PARIS
PAUL OLLENDORF, Éditeur
28 *bis*, RUE RICHELIEU

1897

Cher Monsieur,

Je vous remercie de m'avoir envoyé en
épreuves ces délicates Stances d'hier que
vous allez publier et que j'ai lues avec un
vif plaisir d'art. Vous aviez, pour m'y in-
téresser tout de suite, un nom cher aux
poètes, le nom de ce Victor Pavie, rencontré
dans la correspondance de Victor Hugo,
celui que Sainte-Beuve appelait « le chape-
lain resté pieux de notre chapelle ardente »
et qui, fidèle au cénacle, résilia, dans la vie
de province, ses amples dons littéraires, et
ne s'occupa qu'à faire de son existence, par
la charité et l'honneur, une œuvre de beauté

aussi, une autre œuvre d'art. Je comprends,
à travers son hérédité, votre propre nature,
votre goût de l'idéal, votre culte de la poésie
qui vous a fait écrire ce pimpant, varié et
délicieux volume. L'aïeul ne s'était pas tout
à fait réalisé, en tant qu'artiste. Je veux
croire qu'il se continue et s'accomplit en
vous. Car il en est des familles comme des
races. On dirait qu'elles se reprennent à
plusieurs fois pour arriver à ce qui en est
l'aboutissement le plus glorieux : créer un
poète. — suprême floraison, moment blanc
où la race, où la famille sont en fleur.

Aussi je salue avec émotion ce printemps
de vos premières poésies, espérant le lendemain des maturités et des fruits d'or...

Et je vous prie, cher Monsieur, de croire
à mes meilleurs sentiments en Notre Mère la
Poésie.

GEORGES RODENBACH.

LE RÊVE DE SIMONNE

A ma petite amie Marie-Thérèse.

Dans la nuit comme il fait grand vent !...
Près de sa veilleuse effarée,
Au fond du lit toute apeurée,
Simonne a tressailli souvent.

De hauts tapis couvrent le mur
Où la couleur poudreuse et tendre
Des héros du pays de Tendre
S'estompe sur un ciel azur.

Les personnages familiers
Qu'a dessinés pour les ancêtres
Le peintre des plaisirs champêtres
Ont ce soir des yeux singuliers.

Ah ! comme il ferait bon dormir
Sous la couverture bien chaude !...
Est-ce un pas de lutin qui rôde ?
Quelque esprit vient-il de gémir ?...

Sous les replis du rideau lourd
Dont le décor fané palpite,
Qui donc près de son lit s'agite?
Quel est ce bruit furtif et sourd?

Levant un regard curieux,
Simonne se dresse anxieuse.
Oh! la vision merveilleuse!
La pauvre n'en croit pas ses yeux.

Voici qu'un arbre du panneau,
Étirant ses branches de laine
Qu'anime une insensible haleine,
Se rajeunit d'un vert nouveau.

Le même soupir que jadis
A gonflé la veste amaranthe
Du berger Tircis, et Dorante
A fait les doux yeux à Philis.

Tout se meut et vit à la fois,
L'eau mouille la rive fleurie,
Et deux par deux, dans la prairie,
Sans geste, sans rire et sans voix,

Voici que du riant coteau,
Des lointains tout bleus et tout roses,
Ils viennent en d'exquises poses,
Les personnages de Watteau!

Que de robes à falbalas !
Et que de mouches assassines !
De talons rouges, de houssines,
De faveurs mauves et lilas !

Dansant un pas de menuet,
Ils dégagent un parfum d'ambre
Et de benjoin parmi la chambre
Où leur sourit l'enfant muet.

Ils ont des petits moutons blancs
Tout frisés comme leurs perruques
Conduits par de graves heiduques,
Une aigrette rouge aux turbans ;

Et s'attardent sous des bosquets
Où des perroquets verts et jaunes,
Perchés sur l'épaule des faunes,
Retrouvent leurs anciens caquets.

Ils marchent d'un pas solennel ;
Ce sont des bergers, des bergères,
Dont les idylles minaudières
Revivent à chaque Noël.

Mais ils parlent tout bas, si bas
Que la fillette n'entend mie,
Las ! bien déçue en son envie
Et pleurant presque entre ses draps.

Pourtant leur babil incertain
Est plein de frêles réticences
Que soulignent les révérences
Et les saluts du temps lointain.

Sveltes abbés pleins de langueur
Aux mantels couleur améthyste
Froissant leurs jabots de batiste
Protestent qu'on a pris leur cœur.

Comme ils tombent à deux genoux !
Puis ils font de belles prières,
Et pour signets dans leurs bréviaires
Glissent la fleur, gage bien doux

Qu'ils guettèrent au cou charmant
De cette bergère inhumaine,
Fleur de thym ou de marjolaine,
Fleur de pardon ou de serment.

Cambrés dans leurs pourpoints étroits,
Les marquis à leurs Cydalises
Glissent mille fadeurs exquises
Et des poulets du bout des doigts.

Mais, dans leurs paniers très gênants,
Ces dames font les mijaurées,
Et tournent leurs jupes dorées
Au nez de ces entreprenants.

Dérobant au front d'un trumeau
Tambourins, syringes et flûte,
Les bergers remontent la butte
Jouant un vieil air de Rameau.

Ils s'en vont, toujours deux à deux.
La main aux tailles de leurs belles
Ils s'égarent par les venelles...
Oh! serait-ce un baiser? Grands Dieux!...

Non, ce qui fit ce bruit léger,
C'est la veilleuse qui braisille
En s'éteignant : Petite fille,
Au songe il ne faut plus songer!

Simonne tend encor la main
Aux bergers qu'animait sa fièvre.
Ils ont repris leur pose mièvre,
Et tandis qu'elle espère en vain,

Vers l'Orient tout strié d'or
Voilà le carreau qui s'irise,
Aux bois prochains frémit la brise,
Simonne en souriant s'endort.

Sous la cornette de linon
Toute rose dort la fillette,
Et parmi la plume douillette
Les tresses vont à l'abandon.

. . . .
. . . .
. . . .

Or, l'aïeule, de grand matin,
Sous la courtine ensoleillée
D'un bon baiser l'a réveillée.
— Demi boudeur, demi mutin,

L'enfant lentement s'est levé
Mais sauf à moi seul, ma Simonne
N'a jamais redit à personne
Le beau rêve qu'elle a rêvé.

LA ROSE BLEUE

(LÉGENDE SLAVE)

A M. Cuvillier-Fleury.

L'air est bien suranné ! Peut-être
L'avez-vous ailleurs entendu.
Un hasard me l'a fait connaître
D'un ami cher que j'ai perdu.

Mais, depuis sa mort, sa mémoire
Ne m'a pas un instant quitté,
Et j'ai conservé cette histoire
Au fond de mon cœur attristé.

Et quand je la dis, il me semble
Entendre encor le doux absent
Comme au temps où vibraient ensemble
Nos cœurs à son plaintif accent.

C'est qu'elle est triste, mais charmante !
La légende du rosier bleu
Que la fille de l'Isba chante
Les soirs d'hiver auprès du feu.

Dans une retraite profonde
Laskine, un jour, vivait sans bruit,
Inconnu des gloires du monde
Comme du chagrin qui les suit.

C'est Laskine ! le florimane !
Un savant ! disait-on encor
Dont l'esprit s'aventure et plane
A la recherche d'un trésor.

Deux amours occupaient sa vie :
Sa fille Dagmar et ses fleurs.
Mais, une inguérissable envie
Empoisonnait tous ses bonheurs.

Un joyau manquait à sa serre,
C'était la rose bleu d'azur
Dont jamais encor nul parterre
N'avait vu briller l'éclat pur.

Parfois, il voyait dans son rêve
Tourner au bleu les tons vermeils
Songe trompeur, vision brève
Qui faisaient tristes ses réveils !

Dagmar comprenait sa souffrance,
Et le voyant morne et pensif,
Caressait la même espérance,
L'aidant à son labeur naïf.

Que de fois, la nuit écoulée
Depuis le soir jusques au jour,
L'avait revue étiolée
Par l'étrange et fatal amour !

Bientôt ses couleurs disparurent,
Son regard perdit ses éclairs,
Et dans sa bouche aussi moururent
Rire sonore et joyeux airs.

Mais, dans sa tâche accoutumée,
Le père s'oubliait, sans voir
Son unique enfant consumée
Par son ardent et vain espoir.

Un soir que, penché sur sa lèvre,
Il épiait le mot rêvé,
Il sentit d'un frisson de fièvre
Le corps de Dagmar soulevé.

Puis, sans plainte, sans agonie,
L'enfant s'affaissa pour mourir,
Mais, comme une fleur non ternie
Morte près de s'épanouir.

Oh ! sa douleur fut bien amère
Au lendemain de ce trépas !
Toujours fixés sur leur chimère
Ses yeux pourtant ne pleuraient pas

Maintenant, c'est sur une tombe
Qu'il cherche l'idéal rosier,
Que le jour naisse ou le soir tombe,
Il est là, paraissant prier.

Or, parmi les fleurs qu'il élève
Sur le tertre presque envahi,
Il en est une que sans trêve
Contemple son œil ébloui.

C'est Dagmar qui l'avait plantée :
Ses délicates mains souvent
Protégeaient la plante agitée
Par le souffle ennemi du vent.

Frissonnant du pied jusqu'au faîte,
Le rosier parfois s'animait,
Et quand le vieux courbait la tête
Sous le mal qui le consumait,

La fleur, comprenant sa tristesse,
Paraissait vouloir l'amoindrir,
Lui tendant, comme une caresse,
Ses frais pétales à chérir.

Mais sa douleur silencieuse
Ne laissait couler aucun pleur,
Gardant la larme précieuse
Qu'attendait sans doute la fleur...

Pourtant, elle tomba. Prodige !
Le chagrin était enfin mûr

. . . .

Un charme a parcouru la tige
Et la pourpre s'est faite azur.

LE POISSON D'OR

C'est à Middelburg, en Zélande,
Qu'un soir d'octobre, un vieux marin
Qui la tenait d'un mandarin
M'a raconté cette légende.

Chaque matin, dès la fraîcheur,
Avec ses filets et ses lignes,
Pour le lac où nagent les cygnes,
Partait Hans Mauld, le vieux pêcheur.

Il longeait la jetée en pierre
D'où s'enfuyaient les oiseaux d'eau,
Puis il dirigeait son bateau
Vers quelque place familière,

En manœuvrant bien doucement,
De peur que le remous des lames
Ou le clapotement des rames
N'éveillât le poisson dormant.

Une pâte bien préparée
Destinée au peuple du lac
Garnissait le fond de son sac,
Molle, appétissante et dorée,

Et quand, au fredon d'un vieil air,
Menus goujons et carpes vives
Quittant les joncs vaseux des rives
Paraissaient sous le courant clair,

Il leur envoyait à la ronde
Le gâteau pétri sous ses doigts
Et tombant en morceaux étroits
Bientôt happés sous l'eau profonde.

Il était curieux à voir
Riant à sa ruse innocente,
Cœur simple et bon qu'un rien enchante,
Et limpide comme un miroir !

Quand il avait vidé sa poche,
Et nourri le dernier poisson,
Il jetait enfin l'hameçon !
Alors, assis sur quelque roche,

Le bon Hans Mauld croisait les bras
Sous son lourd mantelet de bure.
Mais dans l'onde calmée et pûre,
Les beaux poissons ne mordaient pas.

Du moins, c'était d'une manière
Insensible, et qui trop souvent
Trahissait un piège du vent
Ou de quelque herbe marinière.

Après avoir souffert en vain
Sous le soleil ou sous la dure;
Le soir venu, vers sa masure
Hans Mauld reprenait son chemin.

Allons! Toujours la même histoire!
Disait sa femme. Tu vois bien
Que tu ne prendras jamais rien.
Mieux vaut se soumettre et me croire,

Laisser tes filets, tes appâts,
Et travailler enfin la terre
Qui, du moins, n'a pas de mystère
Et s'entr'ouvrira sous tes pas.

Hochant sa figure brunie,
Hans Mauld approuvait tristement
Tout le sermon dont l'argument
Ne corrigeait point sa manie.

Vois donc! Le temps me donne espoir.
Demain, il fera beau peut-être,
Et tu me verras reparaître
Un peu plus heureux que ce soir!

Près de la vieille, la nuit même,
Loin de dormir, il lui causait
De la belle nuit qu'il faisait
Pour pêcher la carpe ou la brème.

Ou bien il rêvait. Son émoi
Réveillait sa femme endormie.
Il pèse une livre et demie
Criait-il! Allons, aide-moi!

Lorsque la chimérique image
S'était dissipée à ses yeux,
Il n'en restait pas moins heureux
Croyant y saisir un présage,

Et le matin, dès la fraîcheur,
Reprenant filets, nasse et lignes,
Vers le lac où nagent les cygnes,
Repartait le pauvre pêcheur.

Mais, un jour vint où sa constance
Diminua. Le plus grand cœur
A connu le doute et la peur
Une fois dans son existence.

Ah! se dit Hans Mauld, je suis fou
De m'entêter à ce manège.
Le lac renferme un sortilège
Ou quelque esprit je ne sais où!

Car, depuis vingt ans que j'y passse
Heures du soir ou du matin
Pas le moindre menu fretin
N'a garni le fond de ma nasse.

Depuis vingt ans que je tiens bon
Sans quitter le bouchon de vue,
Pas une tanche d'apparue,
Par un carpeau, pas un véron!

Il embrassa d'un regard triste
Le paysage si connu.
Oh! prodige! l'horizon nu
Se revêt de tons améthyste,

De tons roses, d'or et d'argent,
D'une couleur tendre et nacrée
Dont l'anse où la barque est ancrée
Reflète aussi l'aspect changeant.

Le pêcheur n'en croit pas sa vue.
Arrachée au pied d'un bouleau,
Voici que disparaît sous l'eau
Sa gaule flexible et menue.

Elle plie et s'enfonce encor,
Puis reparaît... et l'éclair passe,
Très fugitif à la surface,
D'un brochet? Non, d'un poisson d'or!

Aussitôt, d'une main avide,
Hans veut le prendre, mais son poids
Le défend et le fait vingt fois,
Cent fois retomber dans le vide.

Enfin sur le bord du lavoir,
Le voilà tombé. Hans approche,
Fouille en sa gorge et le décroche
Et se penche pour mieux le voir.

Mais quoi ! Dans la gueule expirante
Il lui semble entendre son nom :
Hans Mauld, pêcheur de grand renom,
Rejette-moi dans l'eau courante !

Longtemps, le pêcheur hésita
Pensant à sa femme surprise,
A la fortune enfin acquise...
Son bon cœur pourtant l'emporta.

Il prit le poisson par la queue,
Encor indécis, et puis... flac !
Le laissa tomber dans le lac
Au fond de l'eau limpide et bleue.

Il frétilla, puis dit : Merci !
Hans repartit, l'âme charmée.
Mais à la place accoutumée
Plus de cabane ! qu'est ceci ?

Ce jardin, ce logis commode
D'où le regard au loin s'étend,
Et ce salon riche où l'attend
Sa femme habillée à la mode !...

Ah! poisson d'or! Beau poisson d'or!
Ce changement est votre ouvrage.
De vous lâcher que je fus sage!
Bonté de cœur vaut un trésor.

BERQUINADE TRISTE

A M. François Coppée.

Au fond d'un grand fauteuil Voltaire
L'aïeule vient de s'endormir.
Un carlin, — *Fidèle ou Zémir* —
Emmèle son tricot par terre.

Par la fenêtre ouverte, au loin
Se déroulent des paysages
Comme en ont les vieilles images :
Clochers pointus, meules de foin,

Et, dans un vieux cadre à rosace,
Sourit, d'un air très compassé,
Un ancêtre au profil pincé
Dont l'œil vous suit et vous agace.

Sur le mur, vers un instrument
Dont il reconnaît chaque touche,
Il se détourne, et sur sa bouche
Court un refrain, légèrement,

Motif suranné de gavotte,
Et comme en ont dansé jadis
Les courtisans du grand Louis
Avant Maintenon la dévote.

Et des officiers bien parés,
Des femmes en jupes de fête
Suivent l'air, en branlant la tête,
Du fond des panneaux dédorés.

Frr... de l'un d'eux glisse une écharpe
Qui déroule ses anciens plis,
Et le clavecin, tout surpris,
Gémit soudain des sons de harpe.

Comme ils sont frêles et tremblants!
Et comme, en leur triste envolée,
Revivent la vie en allée,
Les sonnets mièvres et galants,

Et les bosquets, et la charmille,
Le pont de rocaille chinois,
Où l'on pressait, en tapinois,
Le bras imposé de Camille...

Souvenir encore invaincu,
Débris d'affection passée,
Chère ébauche, à peine effacée,
D'un roman qui n'a point vécu!

Elle endort, la chanson plaintive!
Et dans un bienfaisant sommeil
Le vieux décor surgit pareil
Aux yeux de l'aïeule naïve.

C'était le même clavecin,
Et le même air aussi sans doute.
Elle chante, et Camille écoute,
Rêvant d'un amoureux dessein.

Quoiqu'elle cherche un air sévère,
Le méchant vient à pas de loup
Et l'enlace, quand tout à coup.....
Retentit la voix de sa mère !...

Depuis ce court duo d'amour
Que d'acteurs partis du théâtre,
Pauvre coquette au jeu folâtre,
Vous voilà vieille à votre tour !

Les rides creusent la peau blanche
Qui ne rougira plus..... jamais !
Mais, chère âme, moi qui me plais
A consoler un front qui penche,

Je revois votre amour éteint,
Je vous bénis et je vous aime
Pour cet air de bonté suprême
Dont se rajeunit votre teint.

Si des jeunesses immortelles
Nous préparent un nouveau sort,
Sous quelle forme après la mort,
Et de quel éclat luiront-elles,

Ces aïeules que leur pas lent
Incline si bas vers la terre,
Et chez qui trouble le mystère
Déjà pressenti du néant?

MI-CARÊME

A Mme X.

Il fait froid. Le foyer éteint
Depuis longtemps n'a plus de flamme.
Croyez-moi, couchez-vous, Madame,
Les veilles font jaunir le teint.

Demain, vous aurez aux paupières
Des cernes qui les meurtriront,
Et vos yeux si brillants auront
Perdu leurs clartés coutumières.

Allons ! dénouez ces cheveux
Que retient une faveur rose !
Enlevez encor autre chose,
Et bien vite au lit ! je le veux !

Vite au lit, bordé de guipures,
Au lit profond, douillet et bas
Dont la molle neige des draps
Moule si bien vos formes pures.

Vous devez avoir quelque ennui,
Quelque chagrin d'amour sans doute.
Dites-le moi, je vous écoute
Et vous consolerai de lui.

Voilà que vos mains détendues
Me laissent voir vos traits pâlis
Et ces pauvres yeux tout remplis
De larmes longtemps suspendues,

Et qu'un sanglot d'abord furtif
Oppresse votre gorge émue,
Que le chagrin gonfle et remue
Comme une aile d'oiseau craintif.

Puis, il monte, échappe à vos lèvres
Qu'anime imperceptiblement
Le fugitif tressaillement
De vos douleurs et de vos fièvres.

Vous voulez encor, mais en vain,
Le cacher. A quoi bon la feinte,
Quand j'en perçois l'intime plainte
Malgré l'effort de votre main ?

Quand je devine votre peine :
L'abandon des soirs, les mépris
Et tout cet amour incompris
Dont votre jeune âme est trop pleine.

Ecoute ! Là-haut le plancher
Au bruit d'un orchestre invisible,
S'anime d'un rythme inflexible.
Sous un piétinement léger,

Où parmi des voix déjà mûres
— Sages conseils, graves propos
Des mères causant en repos —
Se mêlent d'enfantins murmures.

Faut-il que ces rires perlés,
Ces ébats, cette fantaisie,
Attristent votre âme saisie
Du regret des jours envolés.

Ainsi, — vous en souvenez-vous ? —
Cambrés sous la fine chaussure,
D'une fougue intrépide et sûre
Bondissaient vos petits pieds fous.

Plus tard, ce furent d'autres fêtes...
On vous trouvait un air moqueur,
Il blessa pourtant plus d'un cœur
Et rendit folles bien des têtes !

Souvent, un danseur éconduit
Qu'éloignait votre humeur changeante
D'une prière humble et touchante
Vous poursuivit toute la nuit..

S'il se décourageait, d'un geste
Exquis vous le rappeliez.
Jours bénis, d'aucuns oubliés,
Mais dont le souvenir me reste....

Ah ! ce temps déjà si lointain,
Ne le reverra-t-on plus renaître ?
Cette fois, je saurais peut-être
Adoucir votre front hautain,

Et trouver, pour gagner votre âme,
Des mots plus vibrants ou plus doux,
Qui feraient s'allumer en vous
Une étincelle de ma flamme.

Vous vous taisez, mais je sais lire
Dans ce cœur joyeux autrefois.
Ainsi bourdonnait votre voix,
Ainsi résonnait votre rire.

Dieu me damne ! Vous souriez.
Hélas ! pour me railler peut-être...
Pourtant, votre mal me pénètre,
Et j'en souffre, et vous le voyez.

Mais non ? vous n'êtes plus méchante
Et vos regards vers moi penchés,
Un peu troubles des pleurs séchés,
Ont une douceur qui m'enchante !

L'éclat des yeux donne aux pâleurs
Le charme étrange d'Ophélie ;
Comme elle navrée et jolie,
Vous ennoblissez les douleurs.

Oh! dans ces traits, que d'humble grâce !
Que de regrets et que d'aveux !.....
Pardon !... le nœud de vos cheveux,
Je vous en préviens, se déplace.

. . . .

Il fait froid, le foyer éteint
Depuis longtemps n'a plus de flamme.
Croyez-moi, couchez-vous, Madame,
Les veilles font jaunir le teint.

LE PARFUM

(SONGE CREUX)

A qui ?

En rangeant le tulle ou la moire,
Vous est-il parfois arrivé
De retrouver dans une armoire
Un subtil parfum conservé ?

Ah ! que tristement il nous pousse
A remonter les jours perdus !
Pourtant la rêverie est douce
A nous les figurer rendus !

Car ni les deuils, ni les années
N'enlèvent rien à leur fraîcheur,
Et ce sont des fleurs non fanées
Qui meurent au rosier du cœur.

Alors ! Dans l'extase du rêve
Et des souvenirs entassés
Peut errer la vision brève
De charmes à peine esquissés :

Un œil noble et doux qui s'étonne,
Un front blanc sous de fins cheveux,
Une pose qui s'abandonne
Et trahit d'incertains aveux,

L'éclair, entrevu dans la foule,
D'un profil rêveur et charmant,
D'un frison clair qui se déroule
Ou se redresse au gré du vent...

Puis le gai chapeau qu'appareille
Le bluet qui frissonne et vit,
Le boa flou masquant l'oreille
Qu'un brillant très discret trahit,

Le triple cercle d'or dont s'arme
La fermeture du collet,
Du goût, de la grâce et du charme,
Un pied d'enfant, un teint de lait...

L'image est bien frêle et tremblante
Et son cher contour disparaît,
Telle une ébauche encore troublante,
Malgré l'effacement du trait.

Mais, dans l'âme qu'elle a charmée
Ne fût-ce qu'un rapide instant,
Elle a gardé, la bien-aimée,
Ainsi qu'un parfum persistant,

Son fin sourire et son mystère ;
Et sous l'amas des jours passés,
Dans le fond du cœur solitaire
Ils survivront ineffacés !

Et ma douleur toujours muette
Ne gardera du souvenir
Que la joie exquise et discrète
Jadis goûtée à le cueillir.

IL PENSIERO DOMINANTE

Est-elle à jamais envolée
La douce amoureuse en allée ?
Ne puis-je la chercher encor,
La vision chérie et pure,
L'exquise et naïve figure,
Au regard clair, aux flocons d'or ?

Est-elle à jamais disparue ?
Naguère encor, vite accourue
Au premier appel envoyé,
Elle me consolait d'un geste.
Aujourd'hui, je souffre et je reste
Tout seul aux vitres appuyé.

J'imagine que mon amie
Depuis huit jours, est endormie
Dans son grand lit à baldaquin,
Riant au rêve où l'a plongée
Le mauvais esprit d'une fée
Ou bien d'un enchanteur taquin.

Dis-moi ! Que vois-tu dans ton rêve ?
Est-ce le fil d'or d'une grève
Où vient expirer le flot bleu ?
Où passe la clameur touchante
De la mandragore qui chante
En déployant sa fleur de feu ?

Est-ce la planète argentée,
Où, sur ses ailes emportée,
Monte l'âme d'un enfant mort,
Tandis que sa mère attentive,
N'entendant plus sa voix plaintive,
Se rassure en disant : Il dort !

Mon Dieu ! Si dans ce grand espace
Où, d'un bond, notre esprit embrasse
Les moindres instants révolus,
— Ceux qui ne doivent pas renaître
Et dont le retour nous pénètre
D'un frisson qu'on n'espérait plus ! —

Si tu revivais l'heure ancienne,
Où ta poitrine sur la sienne
Se gonflait d'un si doux espoir,
Si tes paroles amoureuses
Et tes larmes silencieuses
Pouvaient encore l'émouvoir,

Ne te réveille pas, chère âme !
Et sous les baisers qu'il réclame,
Que, pour un moment allégé,
Ton beau front se déride en songe
Et s'épanouisse au mensonge
De l'ancien amour partagé.

PASTEL

Les meilleurs instants passent vite.
Oh! ne pouvoir les retenir
Et sur le cartel qui palpite
Fixer l'heure du souvenir !

Nous en étions aux confidences,
Aux mots qu'on prononce tout bas,
Entrecoupés de longs silences
Où vous dégagiez votre bras.

Vous aviez la grâce troublante
D'une marquise de Boucher,
Et ma main fiévreuse et tremblante
Osait à peine vous toucher.

Je cherchais à savoir votre âme,
Quand, sur l'émail de votre œil noir,
Passait une insensible flamme
Où se rallumait mon espoir.

J'écoutais votre gorge émue
Pour en saisir ce battement
Où tout le cœur vibre et remue
Et se révèle ou se dément.

Sous la batiste chiffonnée,
Votre beau corps se révélait,
— Tendre pastel de Lagrenée
Tout pétri de rose et de lait;

Et votre mule mordorée
Avait quitté le pied mutin
Cambré sous la soie ajourée
D'éclairs de nacre et de satin.

Je songeais : « L'adorable femme !... »
Et vous : « Qu'il est donc ennuyeux ! »
Ne vous récriez pas, Madame,
Je l'ai lu dans vos jolis yeux !

A la fin, pourtant, moins farouche,
Vous avez daigné m'enhardir,
Et ces jolis yeux, sous ma bouche,
Semblèrent battre et s'alanguir...

C'est fini, mais toujours j'y rêve.
Je me revois à vos genoux,
Et toujours vers moi se soulève
Ce regard si grave et si doux.

Au moins, de mon aveu peureuse,
N'allez pas, d'un regard méchant,
Mépriser la page amoureuse
Où frémit ce timide chant,

Laissez-moi plutôt quelque place
S'il en reste une en votre cœur,
Et relisez parfois de grâce,
Sans rire ni propos moqueur,

Ces vers dont l'allure légère,
Dont le vol furtif et discret
Semble, de peur de vous déplaire,
Trahir si mal mon vœu secret,

Tandis qu'au loin, j'évoque l'heure
Des baisers trop vite effacés
Dans le parfum qui m'en demeure
Au bout des doigts par vous pressés.

Je suis fou! Je vous en conjure,
N'oubliez rien. Pardonnez-moi!
Et si je vous ai fait injure,
Ne relisez que cet envoi :

Les meilleurs instants passent vite,
Que ne puis-je les retenir,
Et sur le cartel qui palpite,
Fixer celui du souvenir !

LE CALICE

A mon ami André Godard.

Sa ciselure est d'un autre âge,
Il porte sur la coupe : *Ave !*
Pieux souvenir, témoignage
Des saintes mains qui l'ont gravé.

On y voit aussi la légende
D'une martyre en longs cheveux
Qu'un soldat romain appréhende
Un sourire cruel aux yeux.

Un tyran, du haut de son trône,
Semble, attendri par sa beauté,
Pencher, sous sa large couronne,
Vers elle son front attristé.

Il voudrait essayer encore,
Mais en vain ! de la retenir,
Et de ce trépas qu'elle implore
La sauver, mais il faut punir.

Car, sans répondre une parole,
La sainte vient de lacérer
L'image impure de l'idole
Qu'on lui voulait faire adorer,

Et — telle une fleur sous le glaive
Son corps tombe, en deux séparé,
Tandis que son âme s'élève
Jusqu'au ciel qu'elle a désiré.

Bien des jours, — et bien des années!
Ont passé depuis le moment
Où, sur ces œuvres terminées,
Fut mis le dernier diamant.

L'autel qui le portait naguère
Depuis très longtemps est tombé,
Et l'on sait à peine la guerre
Dans laquelle il fut dérobé

Pour qu'un corsaire d'Aquitaine,
Parmi ses convives joyeux,
Y versât, sur la mer lointaine,
Le vin des jours victorieux,

Ou le remplit d'un air farouche
Et les membres mal affermis,
Pour y désaltérer sa bouche
Dans le sang de ses ennemis.

Qui dira la plage brûlante
Où, par le naufrage porté,
Il servit de coupe sanglante
Au sacrifice redouté?

Jusqu'au jour où la main du prêtre
Qui vint sanctifier ce lieu
De nouveau le fit apparaître
Au tabernacle du vrai Dieu!

Là, sous le reflet des lumières,
Il montre, comme au temps passé,
Toutes ses parures premières
Dont pas un trait n'est effacé:

Car le fer, ainsi que la flamme,
A passé sur lui, mais en vain;
Comme autrefois, il nourrit l'âme
Avec le breuvage divin.

Et sous les nefs illuminées,
Les mêmes hymnes que jadis
Partent des foules prosternées
Devant les mêmes paradis !

Et que de nombreux siècles passent,
Le Calice encor brillera,
Et de nos ruines qui s'effacent
Le même air sacré montera

Pour fêter là-haut le cortège
Des saints dont le chef révéré
Ainsi que son culte protège
L'objet qui lui fut consacré.

*
* *

Chacun n'a-t-il pas son calice
Dont le souvenir trop charmant
Fait son regret ou son délice?
Il n'est d'or ni de diamant.

Deux yeux où rêve une âme pure,
La fleur d'un sourire entr'ouvert,
Composent la seule parure
De celui que j'ai découvert.

Et de sa grâce non pareille
Mon cœur, tabernacle joyeux
Que ce souvenir ensoleille,
A gardé des reflets pieux.

Et plus heureux que la chapelle
Et l'autel par tous approché,
Je porte en mon âme éternelle
Un mystère à jamais caché!

RÉPONSE DU HIBOU

> Va, pauvre garçon,
> Ouïr la chanson
> Du hibou qni chante.
> EMILE GOUDEAU.

C'est hier soir qu'une chouette
M'a lu vos vers sur les hiboux.
Votre peinture est incomplète,
Et d'ailleurs les connaissez-vous ?

En avez-vous bien fait l'étude ?
Vous prétendez qu'ils sont hideux
Et que, malgré leur solitude,
Ils trouvent moyen d'être heureux...

Ils sont heureux à leur manière
Comme ils sont beaux à leur façon,
Et leur humeur sauvage et fière
N'accepte point votre leçon.

Si la grâce manque à leur geste,
Et s'ils n'ont pas d'agilité,
Du moins, leur nature modeste
Se plie à son humilité.

A quoi bon tenter l'impossible !
Vouloir corriger l'Univers !
Mieux vaut s'isoler impassible
Que voler bas et de travers.

Mais, dans la nuit et le silence,
Si dans la profondeur du bois
Sur l'arbre voisin se balance
Un chanteur à la douce voix,

Ils en suivent sans jalousie
Les ébats et les cris joyeux,
— Car ils sentent la poésie
Et parfois même en leurs beaux yeux,

— Ces yeux qui vous font tant sourire
Roulent des pleurs longs à sècher,
Car le bel oiseau se retire
Quand ils n'ont pas su se cacher.

Oui, quand le vol de l'alouette
Plane bien haut dans le ciel clair,
Pauvre hibou ! Pauvre chouette !
Le sort peut vous sembler amer !

Dans votre obscurité profonde
Vous réfléchissez tristement
Combien grand doit être le monde
Qu'on voit ainsi du firmament.

Il serait si bon, dans l'espace,
D'aller, aussi vous, au grand jour,
Flirter avec l'oiseau qui passe,
Et vous griser à votre tour !

Embrasser les mers et leurs îles,
Les parcs, les forêts, les rochers,
Percher aux toits aigus des villes
Ou dans l'ogive des clochers.....

C'est ainsi que jusqu'au nuage
Vont nos songes. Vous voyez bien
Que des plaisirs à votre usage,
Cher monsieur, nous n'ignorons rien.

J'irai plus loin, la fantaisie
Que chaque jour vous savourez
Serait peut-être mieux saisie
Par ceux qu'un sort en a sevrés.

Mais la douce nuit nous console,
Et puis.... nous nous disons tout bas
Que tout ce bonheur dégringole,
Quand son assise ne tient pas.

Que ce jeu n'est qu'une apparence,
Où sont pris les plus clairvoyants,
Que si le vol, comme la danse,
Offre des dehors chatoyants,

Il a son lendemain comme elle,
Et que, délaissée en son trou,
Souvent *très haulte damoyselle*
S'arrangea fort bien d'un hibou.

Les yeux sur la voûte suprême,
Nous y déchiffrons lentement
Plus d'un mystérieux problème
Fermé pour votre entendement.

Tout prolétaires que nous sommes,
Notre sort fut poétisé,
Et nous avons charmé des hommes
Qui l'auront immortalisé.

Car Edgard Poë, Baudelaire,
Nous ont chanté, dans leurs devis,
Et sur son casque légendaire
Pallas nous a porté jadis.

Notre hymen *macabre!* Autre histoire!
Nous trouvons nos petits mignons
Comme en la fable qu'il faut croire,
Par-dessus tous leurs compagnons.

Et quand par les nuits sidérales
Leur fausset renforce le chœur
De nos complaintes sépulcrales,
Rien ne trouble notre bonheur.

CONFESSION

Eline songeait : « C'est
Autheman. Qu'il est laid ! —
N'est-ce pas. » Semblait dire
le regard du banquier qui la
regardait tristement.
A. DAUDET, *l'Evangéliste*.

Qui jamais dépeindra d'un être repoussant
La torture cachée et les spasmes étranges !
Quel mal fait la pitié chez celui qui la sent
Du jour où sur son corps se croisèrent les langes !

L'Horreur que les damnés ont pour le Tout-Puissant
Et celle que les saints ont pour les mauvais anges,
La Haine qu'aux chrétiens inspira le Croissant
Et le dégoût des Purs pour le vice et les fanges,

La douleur qui saisit et déchire le cœur
Quand des amis ingrats nous mord le trait moqueur
Ou quand on est trahi par la beauté qu'on aime,

L'effroi qu'ont les hiboux des rayons du soleil
Et le cerf aux abois des chiens, rien n'est pareil
A l'horreur que mes yeux éprouvent de moi-même.

AUX VÊPRES

Mon amour devant toi se prosterne et t'admire
Et s'exhale avec la vapeur des encensoirs.
LAURENT TAILHADE.

Oh! sons puissants de l'orgue! Oh! chants purs! et si doux
Qu'ils semblent empruntés aux anges par la terre;
Blonds nuages d'encens, redoutable mystère
Du tabernacle ouvert qu'on adore à genoux!

Feux pâles du couchant dans les vitrages roux,
Murmures contenus de la foule en prière,
Mouvements familiers des madones de pierre
Dont le cri maternel semble jaillir vers nous!

Voix et parfums d'En-Haut, preniez-vous seuls mon âme!
Est-ce bien pour vous seuls qu'elle bat et s'enflamme!
Ne s'y mêlait-il pas des soucis trop humains!

Et n'ai-je pas du ciel mérité quelque blâme
Pour avoir, dans la nef, imploré des deux mains
L'enfant que fuit ma vue et que mon cœur réclame!

INNOCENCE

En amour, un silence vaut mieux qu'un langage.
PASCAL.

Tous les matins, vers la même heure,
Et de la veillée encor las,
Pour la voir cheminer là-bas,
Je sortirais de ma demeure.

J'entendrais sous le vent qui pleure,
Sous la pluie ou sous le frimas,
S'approcher le bruit de ses pas ;
Et le long du mur qu'elle effleure,

Je la suivrais longtemps des yeux,
Maîtrisant mon cœur anxieux,
Sans rien demander ni rien dire;

Jusqu'au jour, enfin arrivé,
Où je lirais dans son sourire
Le bonheur si longtemps rêvé.

FIN D'ÉTÉ

Rien ne survit dans l'ombre où rien n'a pu fleurir.
JEAN LORRAIN.

Les regards attristés, gros des pleurs superflus
Qui charment ton ennui, s'éclairciront peut-être,
Et cet amour lassé de se voir méconnaître
Se cachera si bien que tu n'en riras plus !

Alors bien des feuillets, trop furtivement lus,
Te prouveront trop tard le mal qui me pénètre ;
Et tu suivras pensive, en les voyant renaitre,
Les fantômes épars des moments révolus !

Il en est temps encor. Pense, regarde, écoute...
Les rumeurs et les chants s'éloignent de la route,
Et les ruisseaux n'ont plus leur ancienne fraî-
[cheur ;

Le silence du soir aux ténèbres s'ajoute,
Tu crains et tu frémis... Chère enfant, pauvre
[sœur
Qui joue avec son âme et la gaspille toute !

FLAMMES MORTES

La discrète senteur de l'humble fleur de Parme
Se meurt sous vos parfums en mon logis cachés,
Perfides et charmants à ceux qu'ils ont touchés
Comme votre regard, vif et souple éclair d'arme !

Je vous quitte en riant, mais je souffre. Une larme
Remonte alors aux yeux sous vos beaux doigts séchés,
Et le cher souvenir de nos fronts rapprochés
M'apaise d'autant moins qu'il contient plus de charme.

Je revis l'heure exquise et je redis tout bas
Les mots que j'ai sentis au frisson de vos bras
Vibrer plus longuement en votre âme engourdie,

Et j'évoque le bruit si furtif de vos pas,
Et je cherche la place à peine refroidie
Où se garde ce rien que vous n'emportez pas.

CARA

Quand tu me répétais, Cara ! que l'Algérie
Et les soins et l'air pur ne te sauveraient pas,
Frileuse dans l'épais manteau dont tu drapas,
Sur le pont du steamer, ta poitrine amaigrie;

— Faut-il qu'en ces instants l'on doute et l'on sourie !
Lorsque je te voyais fléchir à chaque pas,
Et que tes pauvres mains glaçaient presque mon bras,
Courage ! ai-je crié. Tu reviendras guérie !

Et maintenant !.... L'on dit que demain le *Lara*
Fait voile vers la France et nous ramènera
Celle qu'il vit mourir pendant la traversée ;

Et je serai bien loin, pauvre douce Cara !
Et de ces passagers aucun ne songera
Au charme enseveli de ta beauté passée !

CHAGRIN

Que nous sert donc d'aimer, si le doute subtil
Se rit de nos accents et nous mord en plein rêve ;
Si le plus doux projet se fane dans sa sève
Et tombe à peine éclos tel qu'un bourgeon d'avril ?

Peut-être son cher cœur, moins soupçonneux, bat-il
Au souvenir ému de l'histoire trop brève ;
Peut-être qu'un remords par instants le soulève
Et qu'au lien brisé demeure un dernier fil ?

Doux serments chuchotés ! mots d'amour ! bonne extase !
Silence familier de la chambre où l'on jase
Pendant que le flambeau se consume en un coin !
. . . . . : . . . .

Même heure, même calme et le voisin sommeille.
Mais je suis seul, hélas ! Qu'hier est déjà loin !
Combien encor plus loin celle pour qui je veille !

SOUVENIR

Tu ne me voyais pas quand les yeux loin du livre
Qui ne suffisait plus à distraire ton cœur,
Tu laissais ton regard vagabonder et suivre
Dans le ciel je ne sais quelle vague blancheur.

Je souffrais en sentant s'accuser et revivre
Les mornes souvenirs d'où naissait ta langueur,
Quoique, par une humeur fatale, je m'enivre
A m'écouter ainsi loin du passant moqueur.

Va ! pour avoir été solitaire et surprise,
Ta douleur n'en montrait que plus de majesté
Et scellait d'un cachet suprême ta beauté.

Puissé-je te revoir dans cette obscurité
Eclipser les attraits fades que je méprise,
N'aimant sous un beau front qu'un œil désenchanté !

EXCELSIOR

Ne point s'abandonner au piège des caresses,
Au plus haut de l'amour conserver sa raison,
Et quand le cœur palpite et heurte sa prison,
En contenir *dolce* les fougueuses tendresses.

Ne jamais implorer ni faveurs ni promesses,
Et dans les tièdes soirs de la chaude saison,
Ou l'hiver, aux lueurs mourantes du tison,
Goûter au fond de soi de hautaines ivresses.

Se complaire en un rêve étrange et délicat
Qui, sans baisers permis, sans amoureux ébat,
Fait cependant votre âme alanguie et charmée.

Oh! le naïf exquis! me dira quelque fat.
Qu'importe si là bas, l'œil de la chère aimée
Rayonne d'un plus riche et plus perfide éclat!

AU JOUR LE JOUR

Oui, je restais muet ou parlais au hasard,
Mais j'accordais en moi la strophe cadencée
Où devait se blottir la secrète pensée
Que je croyais cacher en fuyant son regard.

Oui, je craignais ses yeux vigilants sous le fard
Quand y brille l'éclair de son âme offensée,
Mais suivais sur le mur sa jeune ombre élancée
Tandis qu'on s'amusait de mon songe hagard.

Oui, je me répétais qu'obtenir ce qu'on aime,
C'est toujours s'en prouver l'imperfection même,
Qu'adorer sans vouloir est le rêve des forts...

Mais mon cœur démentait cette fierté suprême,
L'aurait-elle surpris, défaillant, sot et blème,
Ce brave succombant sous de nobles efforts!

LA PENSÉE DOMINANTE

Le train partait, quand la terrasse
M'apparut où, parmi les fleurs,
Un peignoir séchait ses couleurs,
Librement tendu dans l'espace.

Qu'un haïck dans l'air a de grâce !
Et comme il charme les rêveurs
Quand ils en sentent les raideurs
S'assouplir sous le vent qui passe !

Je le vis longtemps voltiger,
Puis se perdre, léger, léger.....
Tandis que, devant la portière,

Une ombre. effleurait le rocher,
Ombre connue et familière
Malgré son costume étranger.

LE PORTRAIT

Charmant portrait de mon amie,
Que son caressant abandon
Et son regard pensif et bon
Ont empreint de grâce et de vie !

Où, d'une main mal affermie,
J'ose à peine graver son nom,
Où l'on croit que d'un tendre son
Va vibrer sa lèvre endormie !

Oui, devant elle je revois
Les jours heureux que je lui dois !
L'œil troublé d'une larme exquise,

J'y retourne en rêve, et parfois,
Il me semble entendre sa voix...
Sa voix de blonde qui me grise.

L'ARUM MACULATUM

Dédaigneux du parterre où la rose et le lys
Confondaient ce matin leur modeste harmonie
Je longeai le bassin d'où s'élance l'orchys,
Et gagnai l'eau qui court sur la mousse brunie.

J'avais franchi le pré que parsème l'iris,
Quand, dans l'étroit sentier d'une lande infinie,
Enfin, je vis l'arum, cher aux marais et fils
De l'orage imprimé dans sa tige ternie.

Je me penchais déjà, ravi, pour le cueillir
Quand une âcre senteur qui me fit tressaillir
S'échappa tout à coup de la plante mortelle.

Je ne puis y penser longtemps sans défaillir...
La fleur et son parfum, rare et malsain comme elle,
Ne cessent d'enchanter pourtant mon souvenir !

VIEILLE CHANSON

A C. de S. A.

Oui, passer tout son temps à l'épier, l'attendre
Pour saisir son regard ou bien apercevoir
Sa gorge s'arrondir sous le corsage noir,
Et sur son front si pur ses beaux cheveux descendre.

Ne jamais lui parler et toujours la comprendre,
Ne la voir qu'à demi, de loin, matin et soir,
L'adorer en secret et l'aimer sans espoir
Et garder sa pensée aussi vive, aussi tendre.

L'imaginer présente et lui dire à mi-voix
Mille mots caressants répétés mille fois
Et promener partout un cœur tout rempli d'elle.

Rêver de doux instants passés entre ses bras,
Que la réalité dissipe d'un coup d'aile,
Ah ! si c'est là souffrir, ne me guérissez pas.

SOUVENIR DE BAL

A Mme T.

Maintenant, quand la reverrai-je,
La jupe au semis pompadour,
Reflet des tableaux où la cour
Défile en un galant cortège ?

Oh ! le saxe aux fraîcheurs de neige
Dont le charmant et frêle atour
Eût charmé Watteau ! quelque jour
Belle enfant te retrouverai-je ?

Si je dois encor te revoir,
Apparais-moi comme ce soir
Sous le brocart et la dentelle,

Et que dans l'émail de tes yeux
Les accords d'une tarentelle
Fassent naître un éclair joyeux !

A UNE PIANISTE

Quoi! vous avez des vers la manie aussi vous!
M'avez-vous dit un soir. Et honteux de moi-même,
Timide et comprimé par une gêne extrême,
J'excusais mon défaut avec un soin jaloux.

Vous ne pouvez nier qu'on goûte un bien suprême,
Un charme pénétrant, un énivrement doux
A chanter les ferveurs qui sont au fond de nous.
Or, je ne puis qu'en vers bien dire ce que j'aime.

C'est du grand Beethoven le sourire et les pleurs.
Les accents de Chopin font encor ma folie,
Je revois son œil triste et sa face pâlie,

Et j'aime, en respirant le parfum de vos fleurs.
Ecouter résonner en mon âme amollie,
Ses lugubres accords sous une main jolie.

POUR L'ALBUM DE Mlle LOUISE C.

Puisqu'on se montre assez aimable
Pour désirer qu'à ce carnet
J'ajoute un souvenir durable,
Je vais y placer un sonnet.

Il n'aura rien de remarquable
Quoiqu'aucun autre ne soit né
Sous un astre plus favorable
Ni pour un sort plus fortuné.

Certes ! il n'est pas sans défaut,
Mais je m'en moque et puis en rire,
Sachant les yeux qui vont le lire.

Et pour le trouver mal il faut
Ne pas connaître le sourire
Des lèvres qui vont le redire.

A Mlle DE L.

Vous l'avez mise à votre cœur
La fleur mélancolique et pâle.
Ah ! comme ses reflets d'opale
Allaient bien à votre fraîcheur.

C'est un emblème de douleur,
Et le parfum qui s'en exhale
Renferme une amertume égale
Au charme triste de la fleur.

Mais, que m'importent ses tristesses !
C'est aussi la fleur des promesses,
Et, dût-on vous quitter demain,

Ses parfums valent des ivresses,
Et ses couleurs sont des caresses,
Pour qui la met dans votre main !

A Mme la V^{esse} L. LEPIC (A. Gennevraye)

Quel livre exquis je viens de lire !
Où le charme toujours égal
Du conte ou bien du madrigal
Sait faire pleurer ou sourire.

Adorable ouvrage où transpire
Cet air altier, mais amical,
De quelque frais pastel, régal
De la Régence ou de l'Empire.

De celle qui nous l'a laissé,
Le souvenir ineffacé
Hélas! a troublé ma lecture,

Quoique son portrait retracé
Revive en la noble figure
Où toute son âme a passé.

DOLCE !

Dieu ! quel discret logis je me suis préparé !
Que j'ai hâte d'y vivre et d'y rêver à l'aise,
D'y pousser près du feu la tablette Louis-Seize
Où le thé fumera dans le Japon doré !

Puis d'y voir apparaître un visage adoré....
Mais ne vaut-il pas mieux que cet espoir se taise,
Qu'en un doute prudent mon rêve se complaise
Et se défie encor' d'un bonheur mal juré !

Pendant que j'applaudis, ému par tes promesses,
Au décor enchanté qu'exigeaient tes caresses,
Qui sait, chère insensible, où s'envole ton cœur !

Oui, qui sait le regard fourbe que tu m'adresses,
Et ton calcul perfide, et ton rire moqueur,
En pensant à celui pour qui tu me délaisses !

SOUVENIR DE FOIRE

A René Offenbach.

Cependant que le son du fifre, emmi l'accord
Des altos, porte au loin de vagues bruits de fête,
Un couple, auprès de moi, suit en branlant la tête
Un air déjà bien vieux et dont je ris d'abord.

Comme l'esprit distrait d'un homme qui s'endort,
Puis, son rêve ébauché, se réveille et s'arrête
Pour en saisir le fil, mon souvenir s'entête
A revivre à demi les plaisirs du temps mort.

Ce vieil air familier des baraques foraines
Où des monstres marins — dragons blancs ou sirènes —
S'enroulent sur un roc par le flot abîmé,

Mignonne, il a rhythmé le mouvement des traînes,
Et dans les parcs ombreux de Trianon, des reines
Le dansèrent au temps de Louis le bien-aimé.

SOUVENIR D'ATELIER

A Madame Emile Bayard.

Auprès d'un paravent où des faisans dorés
Volent parmi des fleurs à la tige pliante,
Elle penche à demi sa tête souriante
Et sa gorge gonflant des tissus ajourés.

Ainsi, dans les boudoirs par Watteau décorés
Où passe encore du temps la senteur provocante,
Sourit, enguirlandé de lierre ou d'acanthe,
Quelque poudreux pastel aux frottis azurés.

La robe en satin vert bruit au sol et pince
La taille souple et fine. Une fleurette mince
Brille de ci de là sur ce fond réjoui.

D'un passé délicat image trop fidèle !
Mais qui charme le plus mon regard ébloui :
La grâce du dessin ou celle du modèle?...

A A. G. THIERRY

Dans la chambre bien close où la lampe mourante
Eclaire son profil d'un reflet opalin,
— Ce profil délicat dont un rire malin
Vient animer parfois la froideur apparente, —

Il lit. A son foyer, une lueur errante
Oscille, vive encor, et d'un rayon câlin
Caresse les poignards sur le mur gris de lin,
Et fait, sous les cristaux, la liqueur plus ardente.

Il lit. Son jeune front, sur la page incliné,
Se relève soudain plus joyeux qu'étonné.
Celui qui lui décrit sa pose familière,

C'est cet ami récent — il l'a bien deviné ! —
Qu'on a quitté la veille et qui s'est retourné
Pour toucher, à deux fois, sa main hospitalière.

A. C. de S. A.

Couché dans son divan large comme une alcôve,
Le regard vers les murs que pour charmer vos yeux
Orna si richement son goût ambitieux,
Il fume, la vapeur monte légère et fauve!

Rit-il à ce seigneur, à sa toilette mauve
Qu'avivent de Watteau les tons capricieux?
Non! sur ses traits le spleen dont nulle âme n'est sauve
A seul creusé ce pli qui raille jusqu'aux cieux.

Vous à qui de pareils souvenirs et le doute
Ont fait prendre en pitié ceux que charme la route,
Les fous qu'illusionne un sommeil prolongé;

Vous savez ce qu'un jour le rêve effacé coûte,
Mais nous avons joui de l'ivresse qu'on goûte
A parler de son mal quand on l'a partagé.

LA VILLA KER-IANIK

A Madame F. Morry.

Je l'imagine simple, avenante et modeste,
Défiant le soleil, aspirant le flot clair,
Le front voilé de fleurs qui se pâment à l'air
Et narguant le bourgeois dont le *bon goût* proteste.

Puis, je vois le verger dans un théâtre agreste
Où, le soir, des passants béats — et du même air
Dont ils suivraient au bois Yvette ou la Fuller —
Contemplent aux barreaux quelque ombre floue et preste.

Dans les chambres, plus chauds que des tons d'alezans,
Des meubles reconquis sur d'âpres paysans
Mêlent au frais décor leur sévère harmonie,

Tandis qu'aux vitres, l'œil suit les orbes plaisans
Des gros oiseaux de mer et la grève aplanie
Où la vague se rit des hommes et des ans.

LA LUNE A AVIGNON

(Tableau de Paul Saïn)

Voici l'heure où la nymphe, au bord des sources fraîches,
Jette l'arc détendu près du carquois sans flèches.
J. M. DE HEREDIA.

Trübsel'ger Freund!
GŒTHE, Faust.

Quand vient l'heure où tu ris au nuage changeant,
Où la nature cède à ta molle caresse,
Où les bouleaux penchés avec plus de paresse
Mèlent au flot blanchi leur écorce d'argent ;

Quand, de l'humble logis jusqu'aux donjons plongeant
Sur la douve où des preux erre l'âme en détresse,
Rien ne vit, rien ne dort et nul point ne se dresse
Qui n'apporte aux humains ton reflet soulageant ;

Quand tu veilles là-haut sur la terre endormie,
Si le furtif sanglot d'une âme endolorie
Monte vers toi, Phœbé, nargues-tu son malheur?

Non ! tu sais compatir, mélancolique amie !
Chacun de tes émois vibre de notre vie
Et c'est de nos chagrins que s'accroît ta pâleur !

LES NARCISSES

A. C. DE S. A.

Vous n'avez pas souri quand d'un œil enflammé
Je contemplais la fleur pâle et mélancolique,
Car nous nous ressemblons et votre âme s'explique
Les attraits inconnus de cet emblème aimé.

Elle est là. Son calice, à demi refermé,
Quand le pied eut baigné dans l'eau du vase antique,
Se rouvrit, et voici que d'une odeur magique
Je sens pour un long jour mon logis parfumé.

Les rayons du midi glissent par la fenêtre,
L'arôme du café s'exhale et me pénètre.
Que me faut-il encor dans un moment si doux ?

Rien que voir un absent à ma table paraître.
Vous venez de sourire et devinez peut-être.
Oui, vous avez trouvé, Charles, car c'est bien vous.

FRANCHISES

Non ! plus de grands serments ni de poses contraintes!
Gardons, vous l'ironie et moi la vive humeur,
Mais fuyons, avant tout, cette sourde rumeur
Que gémiraient en nous le vil doute et ses craintes.

Parlons-nous chaque fois librement et sans feintes !
Fût-ce au prix d'un aveu. Parbleu ! Le beau malheur
Que mes yeux desséchés se ravivent d'un pleur,
Que je tombe à vos pieds, suppliant et mains jointes !

Voyons-nous jusqu'à l'âme ! Et tous les deux penchés
Sur l'abîme entr'ouvert des aveux arrachés,
Tâchons d'en éclaircir toute l'énigme obscure.

Aimons-nous ! Aidons-nous chacun de notre mieux,
En suivant sans défaut la route la plus sûre,
A grossir le trésor que nos cœurs ont en eux.

EN VOYAGE

A Charles de St-Aulaire.

Oui ! deux mois ont passé dont j'ai compté chaque heure !
S'est-il dit comme moi, ce matin : plus qu'un jour !
Auquel est le plus cher le moment du retour ?
A celui qui revient, à celui qui demeure !

Déjà deux mois depuis le soir qu'il m'a quitté !
Deux mois ! sans qu'un seul jour les plaisirs du voyage
Aient terni sa mémoire, affaibli son image
Dans mon esprit de lui toujours inquiété.

Oh ! quand il parcourra les plaines désolées
Qu'égayent les clochers de Zandam et d'Alckmar,
Quand il verra les flots argentés du Neckar
Et les détours de l'Elbe en de vertes vallées,

Quand les naïfs tableaux des vieux maîtres flamands
Lui peindront en traits d'or les antiques légendes,
Si dans un nimbe blond les vierges allemandes
Tendent vers lui leurs bras effilés et charmants,

Alors que de l'absent, à travers la campagne
Et la ville étrangère, il ait quelque souci,
Et qu'au logis désert je me répète aussi :
Mon souvenir le suit, mon ombre l'accompagne !

*
* *

'Ainsi ma pensée erre et me conduit toujours.
Je n'ai pas de repos qu'elle ne soit fixée
Et dans un rythme pur avec effort tracée,
Fuyante, irrésolue, et changeante en son cours.

C'est à vous qu'elle va. Ses bonds et son caprice
L'éloignent pour un temps de son but le plus cher ;
Mais au premier écueil qu'elle se voit toucher,
La voilà qui vers vous plus rapidement glisse.

Ah ! soyez seulement moins sombre et moins chagrin,
Que l'ardente amitié vous charme et vous console,
Qu'elle adoucisse au moins votre amère parole
Et mette dans vos yeux un regard plus serein.

Rappelez-vous les soirs, les longs soirs de décembre
Et cet âcre plaisir d'être seuls dans la nuit.
Voyez ! le jour s'abrège et le même feu luit,
Et le même silence abrite notre chambre.

Les arbres dans huit jours vont enfin s'effeuiller
Et tendre dans l'air gris leurs faîtes longs et chauves;
Bientôt l'eau va chanter dans les samovars fauves
Où tremble en raccourci l'image du foyer.

Et, dans chaque logis que la chaleur protège,
C'est plaisir de veiller et tromper le sommeil,
En parlant des pays parcourus au soleil,
Lorsque le sol blanchit sous la première neige.

Nous revoyons ensemble et Bruge et ses canaux,
Où les vieilles maisons d'un air triste se penchent;
Et les martyrs qu'a peints Van Eyck, et d'où s'épanchent
Des jets pourpres tranchant sur l'or mat des panneaux.

C'est là que les vieux airs des beffrois (derniers râles
Qu'à ses derniers instants fait ouïr le passé)
Evoquent les esprits du peuple dispersé
Sous les épais tombeaux des vastes cathédrales.

Memling a vécu là. De son pinceau naïf
Saint Jean m'a révélé la précieuse trace
Dans une œuvre où la foi le dispute à la grâce,
Et qui rend le plus fou soudain grave et pensif.

Du Nouveau Testament expliquant les mystères,
Il nous montre Marie et l'ange Gabriel,
Plus loin la pauvre crèche où s'éveille Noël
Souriant aux bergers ainsi qu'à de grands-frères,

Voici de pieux tableaux où la mère de Dieu,
Inclinant son front blanc vers l'enfant adorable,
Le découvre aux trois rois prosternés dans l'étable
Tandis que l'astre éclaire un lambeau de ciel bleu.

La novice, habillée aux modes du vieil âge,
Parcourt Anvers et Gand où deux fois chaque jour
Ses accents tout remplis d'un idéal amour
Font retentir les murs sombres du béguinage.

Qui n'a senti passer le souffle d'Ariel!
Quel front, si fier soit-il, vers le sol ne se penche
Lorsque ces jeunes yeux sous la coëffe blanche
Se baissent à la messe au moment solennel!

Nous parlerons encor du pays d'Allemagne,
Où la légende rit du fond de son passé
Dans les liens du présent gauchement enchâssé,
Et qu'un dicton naïf quelquefois accompagne.

Ami, m'écoutez-vous? Faut-il que cet envoi,
Où tient toute mon âme à la vôtre attachée,
Vous parvienne au moment où la douleur cachée
Se réveille et vous blesse? Ami, dites-le moi.

Dresde, octobre 1889.

LE DIACRE

À mon ami G. Surand.

Devant les châsses d'or et les croix ciselées,
Dans l'église gothique où les vitrages roux
Colorent de leurs feux la blancheur des allées,

Sous l'ombre d'un pilier quelqu'un prie à genoux.
Son visage paraît absorbé par l'extase,
Mais quelle peur subite agrandit ses yeux fous?

L'huile sainte a mouillé sa tête à demi rase
Et sa lèvre en tremblant a dit le dernier vœu
Facile à ceux que Dieu de son amour embrase,

Mais si fatal au cœur qui sent en lui l'aveu
Des voluptés qu'en vain l'austérité repousse
Et dont l'eau de la grâce a mal éteint le feu.

Car la lutte est bien longue avant que l'âge émousse
Chez les faibles humains l'aiguillon du désir
Et que sur nous le soir jette sa lueur douce

Qui sait si le regard impossible à saisir
De cet homme à genoux et courbé sur les dalles
Ne suit point le fantôme entrevu du plaisir ?

Errant du Tabernacle aux pas que les sandales
Des moines, comme lui par leurs vœux enchaînés,
Ont marqués au granit des tombes féodales.

Oh ! l'enfance et les jours de joie illuminés
Et les repas joyeux dans la vieille demeure,
Oh ! pourquoi les avoir si vite abandonnés !

Comme il serait heureux de pouvoir à cette heure
Des lourds fléaux dans l'aire entendre encor le son
Et revivre un moment la vive antérieure !

Il pense, le diacre, à la simple façon
Dont, un jour qu'il rentrait les taureaux à l'étable,
Des femmes le voyant dirent : le beau garçon !

Souvenir périlleux autant que délectable!
C'est en vain qu'il voudrait l'arracher de son cœur,
Il y reste attaché jusqu'à la sainte table ;

Et l'office achevé, lorsque, passant au chœur,
Il cherche à s'isoler pour l'action de grâce,
Les femmes lui font signe avec un air moqueur...

Mais c'est alors qu'en lui la force des saints passe.

LE HARPISTE

A Madame Rosine Laborde

> C'est à nos pleurs que se mesure
> Tout ce qui nous fut un plaisir.
> ARMAND SYLVESTRE.

Dans l'arrière-cour, les pieds à demi nus,
Le front ridé, les yeux adoucis par les larmes,
Le harpiste et sa fille aujourd'hui sont venus
Nous jouer des airs vieux où je trouvais des charmes.

L'enfant chantait debout. Le père, à ses côtés,
— Penché sur l'instrument dont les cordes aigries
Vibrèrent sous les doigts des artistes vantés, —
Y cherchait des accords de ses mains amaigries.

Et de l'ensemble ému des notes et du chant
Une angoisse montait qui me remplissait l'âme ;
Car l'enfant était belle et l'air était touchant
Comme tous ceux où tremble une douleur de femme.

La fin de la chanson surtout me désolait :
« Il ne reviendra plus l'amour que tu refuses ! »
Et son charme plaintif et mourant se mêlait,
Dans la voix, à l'accent sauvage des Abruzzes.

Oh! vieillard qui levais tes yeux graves sur nous,
Ces yeux fiers où j'ai lu le mépris de l'aumône,
Oh! mendiante à qui j'offrirais à genoux
Les colliers dont Florence a mûri l'ambre jaune!

Compreniez-vous combien mon cœur taisait d'aveux,
Aspirant aux essors de votre vie errante,
Comme je vous aimais, et comme de mes vœux
Je vous suivais parmi la foule indifférente!

Et quand, rentrés le soir dans votre pauvre abri,
Vous comptiez tous les deux l'argent de la journée,
Vous êtes-vous parlé du poëte attendri
Par cette âpre douleur à se taire obstinée?

.   .   .   .

Hélas! les airs joyeux et les chaudes couleurs
Nous passionnent moins qu'un accent de misère.
Et c'est au prix du mal et c'est au prix des pleurs,
Que l'Idéal toujours fait sourire la terre!

SIESTE

A MON AMI JÉROME GOURSAT

> Un souvenir qui hante emplit l'ombre déserte.
> FRANCIS VIÉLÉ GRIFFIN.

Dans un vase très vieux où les fleurs du Japon
Se croisent sur l'argile en une pose étrange,
Un grand Iris, un seul ! où le ciel de Nippon
A mis son bleu d'azur et son jaune d'orange.

Mieux que l'ambre subtil, mieux que l'encens divin,
Un parfum langoureux se répand et se glisse.
Mieux que celui des fruits, des liqueurs et du vin
La bouche en souriant l'aspire avec délice.

En sortant, une main inconnue a laissé
Les tentures tomber, et dans l'ombre embaumée
On croirait qu'un seigneur de Bagdad a passé
Avec ses longs chiboucks et quelque jeune almée.

Sur le divan de soie, un enfant endormi
A coupé d'un soupir ce bienfaisant silence.
D'un rêve passager ses lèvres ont frémi ;
Le rêve évanoui, son sommeil recommence.

Ses cheveux défrisés cerclent d'un nimbe d'or
Son front que mouille à peine une moiteur légère;
Une crainte, un désir l'impatiente encor
Et ses ongles roses froissent l'étoffe chère.

Un furtif rayon laisse apercevoir soudain
Des poignards sur le mur, une Vénus couchée
Et sur la table basse un ouvrage en satin
Evoquant une femme attentive et penchée.

Un volume de vers attire enfin mes yeux.
Ses rimes au soleil semblent rouges et vertes
Et sautillent ainsi que des refrains joyeux.
Le vent fait palpiter les feuilles entr'ouvertes

Et, soulevant aussi le rideau de velours,
Fait vibrer d'une note allongée et plaintive
Une viole antique où de gais troubadours
Jouèrent autrefois mainte chanson naïve.

De cet abri discret que je connais si bien
Et dont j'ai si souvent savouré le mystère,
De ce chaste logis il ne me reste rien
Que ce tableau vivant en mon cœur solitaire.

Car la ruine et la mort ne font rien au Passé:
Un regard, un sourire, un rien nous le rappelle,
Le chagrin d'autrefois par le temps effacé
Sous un aspect nouveau lui-même se révèle.

Son souvenir en nous reste encor embelli,
En dépit du bonheur présent, par un mirage,
Et toujours dans chacun demeure, enseveli,
Et revivant ainsi que ma lointaine image.

AU JARDIN

A Mme la vicomtesse de Richemont.

C'est jeudi. Sur le sable, autour du grand massif,
Piétine, danse et court l'essaim riant et vif
Des enfants en congé. Les mères sont allées
Bavarder un moment sous l'ombre des allées,
Et regardent parfois, d'un œil inquiété,
Mary Louise ou Gaston que le soleil d'été
A déjà mis en nage. Alors, on les rappelle.
Ils viennent à regret, le front bas, l'œil rebelle.
« Je vous ai défendu de vous poursuivre ainsi !
« Léonie, arrêtez! Marcel, venez ici ! »
Mais le regard dément l'accent de cette mère,
L'accent qui n'est que tendre et veut sembler sévère.
Pourtant, les jeux proscrits, un moment suspendus,
Reprennent. Sur les bancs, des soldats étendus
Fument en murmurant quelque marche guerrière
Et mêlent au décor leur note familière,
Pendant qu'au-dessus d'eux un coucher de soleil
Envahit le ciel bleu de son remous vermeil.
Or, maint passant que presse un rendez-vous s'arrête,
Sourit aux beaux fronts purs, s'intéresse à la fête,
Puis fuit discrètement, se retournant..... un peu
Vers celle qui paraît s'animer moins au jeu,

Mais dont l'œil attentif et la lèvre nerveuse
Disent l'esprit subtil, l'âme déjà rêveuse
Et ce je ne sais quoi de doucement ému
Qu'on adore à jamais pour l'avoir entrevu.

FIN DE SAISON

A. M. Morry

Que les jours sont brefs! Le froid nous pénètre.
Au vent qui fraîchit, plus un store ouvert.
Tobie, en bon chien, console son maître.
Pleurer les beaux jours, hélas! à quoi sert!

Tobie, en bon chien, console son maître!
Phébus dans le flot s'endort et se perd.
Jusqu'à mai prochain fermons la fenêtre.
Le lichen blanchit le rocher désert.

Pleurer les beaux jours, hélas! à quoi sert!
Je vois des signaux aux trains apparaître.
Phébus dans le flot s'endort et se perd.
Jusqu'à mai prochain fermons la fenêtre.

Je vois des signaux aux trains apparaître.
Le lichen blanchit le rocher désert.
Je ris au retour des amis d'hiver
Quand des jours plus brefs le froid me pénètre.

ENIGME

A Madame E. Berger

J'ai deux fleurs au logis. L'une croît à merveille,
Dès les premiers soleils, je la verrai s'ouvrir.
L'autre, malgré mes soins, reste triste et pareille
A ces enfants chétifs que la mort va saisir.

J'ai deux oiseaux encor, l'un fort et plein de vie,
Qui remplit le jardin de chants et de gaieté,
L'autre muet que hante une amoureuse envie
De regagner le nid sous le chêne abrité.

Je connais deux beautés, l'une indulgente et bonne
Et que saurait toucher quelque amoureux émoi ;
L'autre qui passe fière et jamais ne me donne
Ce coup d'œil féminin qui veut dire : Aimez-moi !

Comment expliquez-vous, madame, qu'on préfère
La plante qui se meurt à celle qui fleurit,
L'oiseau qui veut s'enfuir à celui qui veut plaire,
La femme sans amour au cœur qui nous sourit !

SWEET HOME!

A Mme Baguenier Desormeaux

C'est par un soir d'hiver délectable surprise
Qu'une tiède chaleur dans le décor bien frais
D'un lambris blanc piqué d'authentiques portraits
Et sobrement drapé de brocatelle exquise...

Oh! les tisons rosés parmi la cendre grise!

C'est un charme au printemps, quand la sève fermente
Et que le ciel de mai rit aux bourgeons ouverts,
De suivre du balcon le long des gazons verts
De l'amazone au bois l'allure nonchalante.

D'où revient, tulle au vent, cette fraîche Atalante?

Mais les beaux jours venus, las! Sous les vitres closes
Comme on pense aux amis envolés vers la mer,
Que nous ramèneront les premiers jours d'hiver
Pour la fête amicale et chère aux cœurs moroses,

L'heure du thé fumant et des chers tisons roses.

EFFET DE NEIGE

A Mme la Comtesse H. Le Roy d'Etiolles.

De neige, ce matin, la terre était couverte.
Et je restais à voir l'épais manteau percé
D'une pierre pointue ou d'une herbe encor verte
Ou de vague dessin par tous les pieds laissé.

Or, parmi tous ces pas qui découvraient la terre,
S'en trouvait un plus mince et presque blanc déjà....
J'en reconnus la forme effilée et légère
Et je me dis tout bas: Elle a dû passer là!

VAINES EXTASES

A Charles Legras

Cependant que la nuit épaisse m'environne,
Avant de réparer les fatigues du jour,
Je prète encor l'oreille aux bruits du carrefour,
Aux roulements confus dont ma vitre bourdonne,

Aux pas lents et trainants du vagabond nocturne,
Aux plaintes que les chiens gémissent dans la nuit,
A des mots étouffés près d'une ombre qui fuit,
A mille échos lointains de clameur taciturne.

Puis tout se fait désert, et si loin qu'il s'allonge,
Mon regard au dehors ne découvre plus rien;
Et je me sens rempli d'un égoïste bien
Dans l'immensité noire où mon être se plonge.

Comme on revoit alors sous sa forme précise
La vision du jour ! Comme elle s'agrandit !
Sous le doigt de Satan, telle à Faust interdit
Dût surgir Marguerite à son rouet assise.

Mon esprit, libre alors des tristesses passées,
Triomphe de l'espace, et les intimités
Où parmi les parfums sommeillent les beautés
L'emplissent jusqu'au jour d'inutiles pensées.

La nuit passe ! Adieu rêve ! adieu formes légères
Qui naissez de sommeil et mourez avec lui !
Que vous répondent mal, lorsque le jour a lui,
Les vivantes, souvent moins pures, mais plus chères

RENOUVEAU

Yet Julia s' very coldness still was kind.
BYRON.
Jusqu'à cette froideur par où tu m'es plus belle.
BEAUDELAIRE.

Après cinq ans, Madame, enfin je vous revois.
Rien en vous n'est resté de la froideur première;
Pourtant votre regard a la même lumière,
Un accent aussi pur vibre dans votre voix.

Et de vous, comme alors, j'aspire avec délice
Dans l'air qui me l'apporte une exquise senteur ;
Votre grâce est la même et la même lenteur
Règne en votre démarche où rien d'impur ne glisse.

Pourquoi donc votre front s'est-il fait si clément?
Pourquoi tant de bonté, de douceur, de sourire,
Puisque vous séduisez et troublez sans rien dire,
Puisque vous le savez que j'aime obstinément!

Ah ! vous êtes plus belle encor et plus troublante !
Ah ! ne soyez pas bonne et gardez la fierté !
Hier, c'était avril, aujourd'hui c'est l'été.
Ne cachez point la flamme, elle est noble et brûlante !

LE CHAPEAU GALONNÉ

A mon ami Etienne Gratien

> C'est moins qu'un moment,
> Un peu plus qu'un rêve : -
> Le temps nous enlève
> Notre enchantement.
> A. DAUDET.

De minces filets d'or sur un chapeau *Grévin*,
Un bras bien potelé qui, sous la mante sombre,
S'agitait vers l'ami déjà masqué par l'ombre,
Et ce mot dit d'un ton grave et doux : A demain !

Puis un regard distrait, puis un pas balancé.....
Voilà ce qui charmait mon oreille et ma vue,
Ce pendant qu'hier soir je descendais la rue
En revenant d'un bal où je n'ai pas dansé !

Et l'idée, en chassant le bon sens gouailleur,
Me faisait de l'enfant un portrait fantaisiste,
Gage ferme qui pointe et sous le doigt résiste,
Une lèvre attirante et..... je tais le meilleur.

Oh ! comme j'y pensais durant toute la nuit,
Et comme j'ai maudit les puissances malignes
Qui ravivent en moi les appétits indignes
Partout où mon humeur me traîne ou me conduit !

Sous la même mantille et le même chapeau,
Au matin j'ai revu cette beauté rêvée !
Le dégoût a rempli mon âme soulevée
Et des frissons glacés ont couru sous ma peau.

Quel être portons-nous, assoiffé d'idéal,
Pour qu'aux vagues clartés du gaz et de la lune
On s'émerveille ainsi d'une horreur blonde ou brune
Dont au lever du jour le seul aspect fait mal !

Hélas ! combien de fois le spectre couronné,
Vers qui nous courions sous l'empire du rêve
N'eut plus même au réveil de l'illusion brève
Ce toquet cascadeur de fils d'or couronné !

A CHARLES DE SAINT-AULAIRE

Malgré mes propos fous et mes élans de joie
Vous gardiez l'autre jour l'œil à terre baissé.
Soudain sur votre front un nuage a passé
Formé des souvenirs dont nous sommes la proie.

Alors, je me suis tu. Chaque douleur est mienne.
Bien plus qu'aux voluptés je sympathise aux maux !
L'arbre de la douleur a-t-il d'épais rameaux
D'où le sanglot muet jusqu'à moi me parvienne ?

Oui, parmi les serments, les ivresses bénies,
Dans les jours où l'on tient ce songe : le bonheur,
Dans ceux qu'il faut compter, dont l'écho sonne au cœur
Ah ! si lugubrement durant les agonies,

Qu'un regard m'ait croisé, d'où longtemps caressée
L'espérance, en un jour, soit partie à jamais,
Qu'une voix ait gémi : la femme que j'aimais
Empoisonne aujourd'hui mon cœur et ma pensée,

Attiré malgré moi par l'attrait de la peine,
Je m'en irai chercher des frissons inconnus,
Dussé-je même fuir deux bras souples et nus
Et quitter le banquet ma coupe à demi-pleine.

Que dis-je ! Bien souvent la goutte d'amertume
De mes plaisirs éteints a dissipé l'*Ennui*,
Mon âme qui ne craint d'autre monstre que lui
Sent alors comme un feu nouveau qui la consume.

Vous souvient-il encor de la nuit de décembre
Qui nous vit raconter nos chagrins, nos malheurs?
Nous en avons parlé très calmes et sans pleurs,
Et j'étais presque heureux en quittant votre chambre.

J'adore le récit d'une sourde infortune,
Soit que la confiance y mette son accent,
Soit que le désespoir farouche et grimaçant
Rende l'aumône vaine et la plainte importune.

Il en est chez lesquels une âpre fantaisie,
Comme sur un tissu sombre un dessin criard,
Ou sur le cuivre grave un hautbois nasillard,
Domine: Je le crois et plus qu'eux m'extasie.

Je sais qu'ils ont menti. Qu'importe si j'avise
Dans ces inventions quelques secrets nouveaux,
Si parmi les détails de leurs sombres tableaux
J'en puis surprendre un seul qui glace ou terrorise !

L'Esprit aurait besoin, fatigué par le songe,
D'un sommeil comme ceux où nous jette la mort,
Où l'affreux souvenir, même confus, s'endort,
Où nul triste fantôme avec nous ne s'allonge.

Mais à quel Enchanteur, à quelles solanées
Pourrons-nous demander ce bienfaisant sommeil?
Ah! plutôt que d'user d'un remède pareil
Regardons sans frayeur les mortelles années.

Dédaigneux de l'espoir aux secousses malsaines
Comptons donc sur le mal, et cherchons avant tout
Quelque noble Idéal où naîtra le dégoût
Du bonheur chimérique et des extases vaines.

DE TRÈS LOIN

Oui, je me l'imagine enfin lasse et prostrée,
Et les regards domptés sous l'étoffe de deuil;
C'est elle que de loin la foule s'est montrée
Quand sa plainte annonça le départ du cercueil.

J'écoute ses sanglots. Charme indéfinissable,
D'une voix qui s'émeut et se révèle enfin !
J'entends ses pas faillir et crier sur le sable,
Et de son crêpe neuf monte un dictame fin.

De ses épais cheveux une boucle est tombée
Qui se déroule au vent et sous le soleil luit,
La même qu'aujourd'hui la frisure bombée
Maintient haute et si fière à l'heure de minuit.

Il est vrai que bientôt — peut-être ce soir même —
Son front retrouvera son orgueil coutumier :
Je l'aurai vu du moins, ce front défait et blême,
Une fois sous le mal s'attendrir et plier.

Et je conserverai de l'image meurtrie
Un souvenir vivant et qui t'adoucira :
Idole imperturbable, exécrée et chérie
Dont le sanglot en moi doucement chantera.

FLAMMES MORTES

A mon ami M. Sailland.

De ma fenêtre au loin j'embrasse l'avenue.
Hier matin, caché derrière un rideau,
Je l'ai revue encor. Devant les flaques d'eau
Hésitait gentiment sa bottine menue.

Elle allait attentive à ne pas trop salir
Sa jupe que bordait une guipure blanche.
Moi, je suivais fort bien chaque émoi de sa hanche
Que la marche faisait disparaître ou saillir.

Je remarquais aussi sa pâleur soucieuse
Et son profil si pur qu'on eût dit un portrait
Dont la lèvre muette et déjà sérieuse
Tenterait vainement un sourire distrait.

Et je la comparais à l'enfant disparue,
A l'enfant de quinze ans qu'elle était autrefois
Quand son pas sautillant longeait la même rue
Et qu'un rire insolent résonnait dans sa voix.

A combien de bonheur elle semblait promise !
Le rêve des beaux jours est-il donc effacé !
Où donc le froid regard et l'arrogance exquise !
Avenir, Avenir ! qu'as-tu fait du passé !

SOGNAVA O MIA DILETTA

(ROMANCE DE MERCADANTE)

Je rêvais, ô ma bien-aimée,
Que j'étais enfin près de toi.
Sur mon sein tendrement pâmée
Tu jurais de n'être qu'à moi.

J'oubliais la blessure ancienne.
J'oubliais la terre et les cieux !
Que la mort ainsi me surprenne
Dans un baiser silencieux !

Oui, ces beaux yeux de ma maîtresse
Je les ai vus brûler d'amour,
Je les voyais et leur ivresse
Pénétrait mon âme à son tour.

Elle allait dire un mot plus tendre,
Quand, hélas ! le soleil a lui :
Je me penchai pour mieux l'entendre...
Mon rêve avec l'ombre avait fui.

CONFIDENCE

Du velours, du satin, de la soie et des fleurs,
C'est tout ce que j'ai vu dans la salle animée
Où, sur un rhythme lent, une valse pâmée
Mêlait les sons, les voix, les pas et les couleurs.

Un autre souvenir m'accompagne sans trève :
Un front chaste, un œil clair, un visage adoré,
Des cheveux débordant sous le fin liséré,
Un sourire surtout, voilà ce dont je rêve.

Celle pour qui j'écris sommeille en ce moment.
Bientôt je vais passer devant la chambre close
Qui renferme le lit virginal où repose
L'être chéri qui fait ma joie et mon tourment.

Et je la bénirai, toujours aussi fidèle...
Oh ! la joie orgueilleuse ! Y penser nuit et jour,
Rougir sous son regard et pâlir tour à tour
Et n'en laisser rien voir et vivre si près d'elle !

A MON AMI MICHEL T.

UN JOUR QU'IL ME REPROCHAIT D'ÊTRE TRISTE

Par ce joyeux matin de mai
Je songe aux beaux soirs de décembre
Où le bois réchauffait la chambre
Qu'égaya celle que j'aimai.

Hélas! quand reviendra l'automne,
Lorsque les halliers jauniront
Et qu'au loin les vents rediront
Leur plainte simple et monotone!

Ami! Je sais qu'à ton côté,
Rêvant printemps devant la flamme,
Un regret remplira mon âme
De n'en avoir pas profité.

Ainsi s'envolent nos journées:
On désire le bien futur;
Il arrive...., l'esprit trop mûr
Revit les heures dédaignées.

NOCTURNE

Papillon de nuit qui crains la lumière,
Si tu la crains tant, n'en approche pas !
Autant qu'elle est douce elle est meurtrière ;
Un jour, papillon, tu t'y brûleras !

Laisse-lui ton âme et tiens au mystère !
Va ! ton lourd ébat ne peut l'attendrir,
Et mieux vaut pour toi la nuit solitaire
Où tu l'aperçois de loin resplendir !

A moins cependant que ton cœur fragile
N'abrite un amour plus puissant que lui,
Et fier de penser que son feu stérile
Nourrira la flamme où son âme a fui.

LA PRIÈRE

(MALITVA)

traduit de Lhermonsoff.

A Mme Toumanski.

A la minute meurtrière
Où j'étouffe sous la douleur,
Je dis et je redis par cœur
Une merveilleuse prière.

La force du ciel transparaît
Dans les mots imprégnés de vie
Révélant à l'âme ravie
Un mystique et sublime attrait.

Comme le mal est mis en fuite !
Le doute ! Ah ! qu'il est déjà loin !
Comme on pleure et comme on croit vite !
Et qu'on se sent léger enfin !